飞檐走壁的小偷

[法]克里斯蒂安·格勒尼耶 著

张昕 译

电子工业出版社

Publishing House of Electronics Industry

北京·BEIJING

Un voleur sur les toits
© RAGEOT-EDITEUR Paris, 2016
Author: Christian Grenier
All rights reserved.
Text translated into Simplified Chinese © Publishing House of Electronics Industry Co., Ltd, 2022

本书中文简体版专有出版权由RAGEOT EDITEUR通过Peony Literary Agency Limited授予电子工业出版社，未经许可，不得以任何方式复制或抄袭本书的任何部分。

版权贸易合同登记号　图字：01-2021-5007

图书在版编目（CIP）数据

飞檐走壁的小偷 /（法）克里斯蒂安·格勒尼耶著；张昕译. --北京：电子工业出版社，2022.1
（侦探猫系列）
ISBN 978-7-121-42292-8

Ⅰ.①飞⋯　Ⅱ.①克⋯ ②张⋯　Ⅲ.①儿童小说－长篇小说－法国－现代　Ⅳ.①I565.84

中国版本图书馆CIP数据核字（2021）第227897号

责任编辑：吕姝琪　文字编辑：范丽鹏
印　　刷：北京天宇星印刷厂
装　　订：北京天宇星印刷厂
出版发行：电子工业出版社
　　　　　北京市海淀区万寿路173信箱　邮编：100036
开　　本：787×1092　1/32　印张：19.625　字数：258.2千字
版　　次：2022年1月第1版
印　　次：2023年4月第6次印刷
定　　价：140.00元（全7册）

凡所购买电子工业出版社图书有缺损问题，请向购买书店调换。若书店售缺，请与本社发行部联系，联系及邮购电话：（010）88254888，88258888。
质量投诉请发邮件至zlts@phei.com.cn，盗版侵权举报请发邮件至dbqq@phei.com.cn。
本书咨询联系方式：（010）88254161转1862，fanlp@phei.com.cn。

一场闹剧

"赫尔克里!你怎么在楼梯平台上?"

双胞胎姐妹刚从电梯里走出来就看见了我。她们放学回家了,我被抓了个现行!

"没关系的,乐乐。"贝贝替我解释说,"今天早上,咱们出门的时候,赫尔克里从咱们俩中间溜出去啦。"

完全正确。

而且，因为她们俩迟到了（跟往常一样），所以没来得及把我抓回家。于是，我得以悠闲地在这座公寓楼里逛游了一整天。

当然，我更愿意去屋顶上探险，那才是我最爱的散步场所。可惜，到了秋天，麦克斯和罗洁丝就很少打开阳台的玻璃门了。我出门的机会也少了很多。我只能在六楼的公寓里转来转去，转得头昏脑胀，特别想出去呼吸新鲜空气。

"等等，赫尔克里，快过来！"贝贝大声叫我。

其实，我还是很愿意去厨房里吃猫粮的。今天早上，我一听到双胞胎姐妹打开门就跑出去了，连早饭都没吃完。

我回到了自己最喜欢的景观位——沙发

的右扶手上。从这儿,我能看到阳台的全景,还能看到旁边的公寓楼的屋顶,甚至能看到远处的塞纳河上驶过的驳船。有时候,有些大胆的鸽子会冒险落到阳台上。嗯,没错,这座旧公寓楼坐落在圣-德尼岛上,双胞胎姐妹的父母(麦克斯和罗洁丝)只要过一座桥就能到达他们工作的警察局。

我刚在沙发上趴好,门就打开了。麦克斯和罗洁丝回来了。贝贝和乐乐高兴地扑到他们怀里。

"爸爸!妈妈!"乐乐叫起来,"艾米丽要带我们去看马戏呢!"

"艾米丽是……?"麦克斯皱着眉问道。

"我们的同学呀,"贝贝解释说,"艾米丽·杜洛瓦。"

"他们家住在二楼。她和她爸爸。"

"他家对门就是诊所。"

"麦克斯，你应该知道啊，"罗洁丝提醒他，"就是单间公寓的那位租户，杜洛瓦先生，养狗的。"

啊，那只狗……简直太恐怖了！今天早上，我经过楼梯平台的时候，一只巨大的斗牛犬向我猛冲过来，他身后跟着一个高大的秃头（杜洛瓦先生）。我根本就没招惹那条狗，他还是一个劲儿地往我身上扑。那个秃头男人用力拉住他，大声喊道："波罗，冷静点儿。不要招惹赫尔克里！"

我回到家里，不怎么敢再去楼梯上冒险了。那只叫"波罗"的大狗有时候不拴着，也会在楼梯上到处闲逛。要是我跑得不够快，他肯定会一口把我吞掉。

"啊,我知道了!"麦克斯叫道,"你是说,骑摩托车的那个男人。"

没错。麦克斯和那位杜洛瓦先生都是摩托车发烧友。杜洛瓦先生有一辆巨大的摩托车,到处都装饰着亮闪闪的镀铬部件。那辆车名叫哈雷·戴维森。没想到吧?它居然有名有姓的,就好像它并不是一辆车,而是一个人。

"你们俩先别激动。"罗洁丝举起一只手说,"先跟我们解释一下,到底是什么马戏?"

"就是艾米丽爸爸的新朋友表演的马戏节目呀!"乐乐说。

"没错。她叫斯黛拉,在马戏团工作。"

"她是幻术大师!"

"不对，"贝贝纠正道，"她是表演空中飞人的。"

"嗯，反正就是类似的事情吧。总之，她给了艾米丽三张票，请她周六去看表演！"

"妈妈，我们能跟她一起去吗？求你啦，答应吧！"

"先别着急。"麦克斯说，"我得先下去见见杜洛瓦先生，还有他那位新朋友斯黛拉。"

"她肯定不在。"乐乐说。

"她不住在楼下。"贝贝解释说，"她住在野营车里，就在尚特莱纳公园。"

在巴黎郊区野营？某些人类可真有想法！

"我明白了！"罗洁丝指着外面的阳台和屋顶，说道，"布拉沃马戏团从9月份开始

就在那儿了。听说他们要在尚特莱纳公园待上一整年……"

"妈妈,那我们可以去了吧?"乐乐继续恳求道。

"让我们先喘口气,想一想。"麦克斯抱怨道,"你妈妈和我还有一件很麻烦的事情要处理呢……"

很麻烦的事情?看来应该是指他放在饭桌上的那份文件。应该是件棘手的事。通常来说,从警局回家以后,麦克斯和罗洁丝要比现在放松得多。

"什么样的麻烦事啊?"贝贝问道,她一向能听出父母的话外音来。

"呃,是几起盗窃案。"麦克斯回答,"就发生在我们这个街区。"

乐乐非常失望地耸了耸肩。

"盗窃案?那对你们来说应该没什么稀奇吧,不是吗?"

"这次不太一样。"罗洁丝露出泄气的神情,"那个小偷好像会穿墙术……"

来去无踪的小偷

我竖起了耳朵。这件事背后一定有秘密。调查，这可算得上是我的专长。要知道，猫能潜入任何地方。那个小偷难道比我还厉害吗？我很难相信。

"昨天，"麦克斯说，"有人潜入了旁边的公寓楼，偷走了博丹夫人家的东西。"

"是那位收集雕像的女士吗？"贝贝问。

"是的。她是大艺术家吉亚戈麦蒂的侄孙女。"罗洁丝说,"她的一些首饰和雕像不见了……"

我之所以知道那位博丹夫人,主要是因为她有三只暹罗猫,她们一个比一个傲慢!每当我在楼顶的排水沟旁边遇到她们的时候,她们总是假装根本没看见我。

就好像我们不是同一个物种似的!

"被偷走的东西估计价值100万欧元。"罗洁丝叹了口气说,"博丹夫人快要崩溃了。"

"而且非常神奇,"麦克斯补充道,"门上的警报器没有响,大门也没有被破坏的迹象。只有博丹夫人自己有钥匙。小偷到底是怎么进屋的呢?真是让人没法理解!"

这些案情说明让双胞胎姐妹非常惊讶，她们的父母极少在家里谈论工作上的事情。看来，他们确实非常头疼。

"爸爸，我记得那栋公寓楼的前厅里有一个摄像头吧？"贝贝问。

"没错。盗窃案应该发生在昨天下午三点到四点之间，那时候博丹夫人出门去买东西了。可是，摄像头拍摄的画面显示，当时除了她，没有任何人进出过那座公寓楼！所以，保险公司怀疑她自己伪造了一起盗窃案，想要骗取保险金。好了，我们要下楼去找杜洛瓦先生了。你们俩自己待会儿可以吗？"

我很难想象那个老太太会诈骗保险金。看来，小偷是个很狡猾的家伙。我晃了晃脑袋，本能地开始列出邻居的名单……

惊喜的叫声打断了我的思路。麦克斯又出现了，身后还跟着一个棕褐色头发的女孩。不是乐乐，她是金发。也不是贝贝，她是红发。

"艾米丽！耶！！！"乐乐高兴地大叫起来。

"爸爸，你把她带上楼来了！你真是太好了！"

"哇！"被邀请到家里来的小客人也叫起来，"赫尔克里也在家呀？天哪，他真是太可爱了！"

她冲到我跟前，一个劲儿地摸我。太可怕了，她的身上闻起来有股狗味儿。我不得不忍受她的抚摸、摆弄、拥抱……真是难以置信！人类怎么能对一只完全陌生的猫这么亲密呢？要知道，每当我在楼里遇到艾米丽，我总是立刻逃走，因为她身上的气味跟斗牛犬波罗一模一样。那气味简直恐怖极了。

艾米丽从她的紫色背包里拿出了三顶紫色的鸭舌帽。

帽子上印着黄色的字——全民运动。

"我给你们带了点儿小礼物。这是从我爸爸工作的商店拿回来的。咱们一起戴吧。"

"太好了!"乐乐说,"咱们看起来就像三姐妹啦!"

"应该是'三胞胎'才对。"贝贝纠正她,"爸爸,我们这周六可以跟艾米丽一起去看马戏吗?"

"可以。杜洛瓦先生会开车送你们去。"

晚饭过后,麦克斯对罗洁丝说:"那个……我要去阳台上喝杯咖啡。"

大骗子!每天晚上,他都偷偷溜到阳台上去抽烟。去年,他明明答应过两个女儿,说要把烟戒掉呢。

不过，话说回来，他的烟瘾帮了我的忙。麦克斯刚打开阳台门，我就已经跑了出去，甚至比他还要快两秒呢！

屋顶偶遇和初步调查

今晚很冷，不适合猫咪出门闲逛。换句话说，真是"狗屎天气"。楼下的马路上一只猫也没有，只有一只狗，杜洛瓦先生止牵着他的狗绳……

屋顶上的道路很畅通。很好，我正想去博丹夫人的公寓里调查一番呢。

我轻轻一跃，跳上了最近的排水沟。再

一跃，跳上了倾斜的屋顶。有几扇窗户里露出了灯光……

这些单间公寓里住的都是大学生，其中一个叫阿琪扎，她也负责打扫其中三间公寓的卫生。住户不在家的时候，她还会帮忙给植物浇水、喂鱼。有小孩的家长晚上出门的时候，她也可以充当临时保姆。

她发现我经过，吓了一跳。我爬到公寓楼的最高处，沿着一排烟囱走了过去，迎面遇上了三只暹罗猫！这三只出门闲逛的富贵猫很鄙视地瞪了我一眼，转身跑走了。但在我看来，她们简直就像是在给我指路。

过了一会儿，她们跳到了博丹夫人家的阳台上。

天上下起了烦人的毛毛雨，我得找个地

方避避雨了。她们转身瞅了我一眼,然后,一个接一个地从阳台门上的猫洞钻进了厨房里。

完美。她们邀请我进去呢!结果,我的鼻子磕在了厚厚的塑料活动挡板上。我坚决地又试了一次……没用,活动门锁住了!

三只暹罗猫为自己的小把戏沾沾自喜,隔着阳台玻璃门嘲笑我。为了让我更窝火,她们甚至还走到饭盆跟前,慢悠悠地吃起了里面的猫饭——它看起来鲜美又多汁。

我明白了,她们的项圈里装有电子芯片!话说回来,竟然给猫项圈装芯片,这种想法也太……就像贝贝说的,"我才不要这些矫情的高科技玩意儿呢。"她就喜欢这些复杂的词语。

我往后退的时候，一只爪子踩到了地上的一枚螺丝钉，蹭破了一层皮。

这里怎么会有螺丝钉？

5枚一模一样的螺丝钉把猫洞的活动挡板固定在木头门板上。原本应该拧第6枚螺丝钉的地方只有一个小窟窿，好像是忘记把螺丝钉拧回去了。

透过客厅的落地窗，我看到博丹夫人坐在电视前面。电视周围放着一圈雕像，有石膏做的，也有青铜做的。

最大的雕像看起来很像路灯，或者，呃……像一棵枯树。

我更仔细地看了看，这个雕像应该是一个很瘦的女人，就像管子那么细，正在梳着一直垂到脚下的长头发。哎，为什么小偷没把这

尊雕像偷走呢？它肯定比所有被偷走的小雕像加起来还要值钱10倍！

答案很明显——它实在太重了！

错不了了。公寓楼入口的摄像头没有拍到任何人。所以，小偷肯定是从阳台逃走的！而且，小偷也可以从阳台潜入屋里。

我的好奇心又来了。我回到了猫洞跟前仔细观察。即使把活动挡板完全拆掉，这个开口对于一个成年人来说也太窄了，除非他跟那尊雕像一样瘦。可是，瘦得跟麻秆一样的人，应该只存在于动画片里吧。

除非潜入屋里的是只狗，或者……是只猫？

不对，绝不可能是动物。就算是像我这么天才的猫，也没法拧下活动挡板的螺丝钉，再用四只脚抱着青铜雕像跑出屋子。除非小偷是只非常聪明的猴子……

　　我肯定马上就接近真相了。只不过，这幅拼图现在还不够完整。

　　我转身往回走。就在这时，我又发现了一条绝妙的线索！

发现小偷的踪迹

我跃过屋顶的排水沟,准备回到双胞胎姐妹家的公寓楼去。就在这时,一种鲜艳的颜色吸引了我的注意力,那是一条荧光黄的装饰带。它挂在一个小钩子上,在空中飘来荡去,就在博丹夫人的阳台和阿琪扎房间的屋顶窗户之间。

我凑近去看。原来是一块被扯坏的紫色布料，布料上荧光黄的装饰条具有反光效果，慢跑的人或自行车骑手常穿这样的运动服。

这块布料怎么会落到（或者飞到）七楼来呢？

我用爪子抓，用牙齿咬，却怎么都拽不下来。不过，我觉得事实很明显了：有人曾经经过了屋顶，被这个小钩子剐破了衣服。

是谁呢？这还用问，当然是小偷了！

假设他跳到了博丹夫人家的阳台上，还卸下了活动挡板的螺丝钉，那么，他是怎么进屋的呢？只有小孩才有可能从那个猫洞钻进去呀。

我回到自己家的阳台上，麦克斯刚好要关阳台门了。双胞胎姐妹对我板着脸，不高兴

地责备道:

"赫尔克里!你可算回来了!"

"你怎么又乱跑了,坏猫猫!"

"天哪,你浑身都湿透了……"

"你肯定会着凉的!"

猫会着凉?真是前所未闻!

不过,我很高兴让她们帮我擦干,也喜

欢被抚摸和照顾。瞧瞧，淋湿一次就能换来双倍的疼爱！这就是拥有一对双胞胎姐妹当主人的好处。

第二天，当我睡醒的时候，我发现她们俩已经出门了，罗洁丝和麦克斯也出门了！于是，我一整天都被困在了沙发上。连绵的雨幕落在阳台上，就连鸽子都放弃了这块潮湿的角落。这真是属于11月的灰暗一天。说到底，装个猫洞也不算是个坏主意。双胞胎姐妹真该考虑给我也弄一个了。

到了晚上，我不愿意跟她们去睡觉。我等呀等呀，等了很久，一直等到过了午夜，终于等到麦克斯偷偷到阳台上去抽烟，我趁机溜了出去。

自由属于赫尔克里！

哎呀！我的倒霉事儿还没完呢！下过雨的屋顶非常滑，而且到处都看不到那三只暹罗猫的身影。我只好回家了。谁知道，最糟糕的事情发生了——麦克斯抽完烟回去了，阳台门也锁上了！

我气恼极了，漫无目的地在屋顶上乱逛。突然，我发现阿琪扎的屋顶窗户开着一道缝！

我立刻大胆地跳了过去。通常来说，每次看到我出现，阿琪扎都会送我一份小礼物，比如说，一小罐酸奶，或者是已经打开的沙丁鱼罐头。

可是，她的房间里空无一人。

对了，今天是星期五，她晚上总要出去玩的。奇怪的是，她家的大门也开着一道缝。

一道光漏了进来,那是七楼走廊里的光。

转瞬之间,我就跳到了她的床上,又溜进了走廊。现在,我已经来到了公寓楼里,一个干爽又安全的地方!

我往下走了一层。每天早上,双胞胎姐妹和她们的父母都会离开公寓。

我刚想到这儿,声控感应灯就熄灭了。没关系,我在黑暗里照样看得清楚,我的耳朵也一样灵敏。我站在原地,听到楼梯上传来轻轻的脚步声。根据我的判断,声音应该是从三楼传来的。

有人在上楼,没坐电梯。

没错,有人正在踮着脚尖走路,以防被人发现。

在一片黑暗当中。

这不是阿琪扎的脚步声。

那就应该是小偷的脚步声了!

楼梯上的神秘人

因为猫咪（几乎）什么都不怕，所以，我也悄无声息地朝着那个可疑的人走去。他绝对不可能听到我的脚步声，除非他也是一只猫。我们猫走起路来就像踩着棉花一样，当然啦，偶尔也会故意使点儿劲儿！

在一片黑暗当中，我发现二楼的楼梯平台上有个人。看身高应该是个小孩，身上还穿着深色的连体服,那身衣服很像跳舞的人穿的黑色紧身衣,或者冲浪的人穿的冲浪服。但是,这里既不是舞台,也不是海边。

那名暗夜访客从一间公寓里出来,小心翼翼地关上门,没弄出一点儿声响。他的手里拿着一个背包,踮着脚尖往楼下走。

我也踮起脚尖,偷偷地跟着他……

我完全看不清他的脸。

他来到了二楼,掏出钥匙进了诊所,转身锁上了门。

行吧,反正我也没啥事做。我趴在楼梯上,等他从里面出来。

我渐渐开始犯困了。就在这时,电子锁的咔嗒声让我立刻支起了耳朵。

声控灯亮了。一楼突然传来了一阵脚爪

声。没错。不是人类的脚步声,是四只爪子踩在地板上的声音。

突然,楼梯上出现了一个魔鬼般的大狗头——波罗来了!

我立刻明白过来,杜洛瓦先生刚才出去遛狗,现在他回家了。斗牛犬比他先跑上楼梯。

电梯上的红色指示灯亮了。看来杜洛瓦先生决定"不动爪"。我的意思是说,他要坐电梯,而不是走上楼。

我不能再留在这儿了!

我正准备往楼上跑,诊所的门突然也打开了。

太好了!盗窃案的嫌疑人肯定会被逮个正着。波罗肯定会汪汪大叫,会咬那家伙,说不定还会把他一口吞掉!

呃,事实上,完全没有。

那个穿得像冲浪者的小偷是个女的,她看见波罗十分惊讶,但她并不害怕。至于波罗,他立刻扑了过去,但不是要咬人,而是摇头晃脑地对她表示欢迎,甚至还发出了快乐的呜呜声。

我目瞪口呆,完全没料到会出现这样的场面。她抚摸着波罗,压低声音让他不要吵。我对着声控灯发誓,他们俩看起来就像一对老朋友。

电梯运行的声音停止了。在电梯门打开之前,那个陌生的女人飞快地朝我冲过来。更确切地说,她飞快地冲向通往三楼的楼梯,也就是我现在守着的地方。

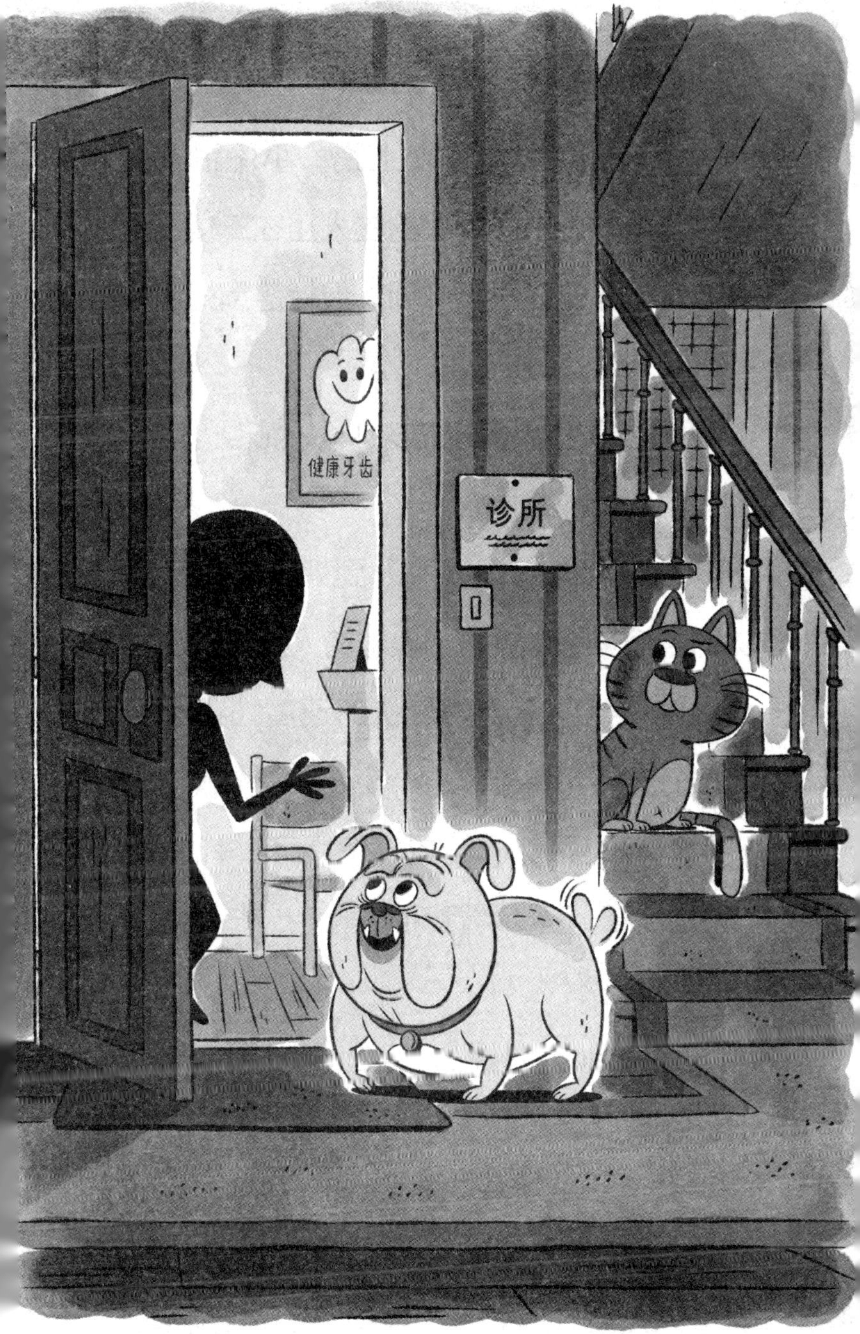
健康牙齿
诊所

我连蹦带跳地往楼上跑,小偷跟着我,斗牛犬跟着她。斗牛犬的主人正在二楼压低声音怒吼(这实在很难做到,但杜洛瓦先生非常不愿意把整座楼的人都吵醒):

"波罗!波罗,过来!快点儿!你干吗去了?到处乱跑什么?"

杜洛瓦先生搞错了。到处乱跑的不是他的狗,而是这个穿着冲浪服的人!

我撒开四爪,用最快的速度往楼上跑,四楼、五楼、六楼……

欸,波罗都已经放弃追我了,那个可恶的小偷怎么还紧跟着我不放呢?

到底为什么?

我跑到了七楼,躲在一个阴暗的角落里。我看见那个陌生的女人一路冲进了阿琪扎的屋子，还背着一个鼓鼓囊囊的背包。

她悄无声息地关上了门。

我的心脏跳得快极了，每分钟足有200下。没错，正好200，我数过了。

我努力琢磨这到底是怎么回事，怎么也想不明白。

难道，阿琪扎是这个陌生女人的同伙吗？

我蹲在走廊尽头歇了一会儿，等待心跳的速度慢下来，这样才能头脑清楚地继续思考。

阿琪扎终于回来了，现在肯定已经凌晨两点了。

她是一个人回来的。不过，她的怀里还抱着一只巨大的粉红色毛绒熊。她走进房间，开了灯。我立刻注意到两件事：

第一,房间里没人。

第二,屋顶的窗户还开着一道缝。

这就是证据!那个小偷跟我一样,准是从窗户进出的!

又多了一个嫌疑人

艾米丽的声音把我从睡梦中叫醒了。

"赫尔克里?!你怎么会在楼梯平台上呢?他们把你关在外面了吗?"

她把我抱起来,按了门铃。

麦克斯开了门。他穿着慢跑运动服,满头是汗。他每天早上都去跑步,周末也不例外。要是遇到下雨天,他就待在家里骑动感单车。

"艾米丽,早啊!你是来找贝贝和乐乐去看马戏的吗?"

"不是,表演下午才开始呢。我爸爸想请她们俩过去吃午饭。您看可以吗?我们吃过饭再一起去看马戏。然后,我们会回到您这儿来,一起做作业。"

麦克斯正要回答,他的手机就震动起来。

他接听了电话,立刻气恼地低声抱怨起来:"您说什么?又来了?!……就在12号楼?您的意思是说就在我们家的公寓楼?……啊,好的,局长,我和罗洁丝马上就去。"

双胞胎姐妹出现在他身后。

"哇!艾米丽,你把赫尔克里找回来啦!

谢谢你啊,艾米丽!"

"爸爸,出什么事儿了?"

我已经全猜到了。

"昨天晚上,又有公寓被盗了,就在咱们这座楼里!你们注意到什么动静了吗?"

艾米丽顿时瞪大了眼睛，不敢相信地问道："咱们这座楼吗？昨天晚上？"

"没错，就在三楼。有对退休的老夫妻去加纳利群岛度假了，他们的首饰都被偷了。阿琪扎去帮忙打扫卫生的时候发现的，她现在正在警局。她还发现，有人偷走了诊所里的好几台笔记本电脑。还有，门锁都完好无损！阿琪扎非常焦虑。"

"为什么呢？"双胞胎姐妹异口同声地问道。

"因为她有钥匙！"刚刚加入进来的罗洁丝回答道，"阿琪扎肯定不会是小偷，但她肯定会被怀疑的。没错吧，麦克斯？"

"是啊！就像博丹夫人也被怀疑骗保一样。唉，好了，咱们得赶紧去警局。乐乐、贝贝，你们现在就去杜洛瓦先生家吧。"

麦克斯看起来非常恼火。那个入室盗窃犯居然偷到了这座楼里，竟敢在两名警察的鼻子底下犯案！

他又说："我们必须马上把他逮捕归案。否则的话，这座楼里的所有住户都会成为嫌疑人了，也包括我们一家在内！"

双胞胎姐妹无声地交换了一下眼神。她们明白麦克斯的意思，但还是觉得很难相信。那个眼神还泄露了一种疑虑：如果所有人都有嫌疑的话，那也包括杜洛瓦先生和艾米丽了。

至于我嘛，我很确定杜洛瓦先生没有嫌疑——他的大胖肚子就是最好的证据。可是，我不确定小姑娘艾米丽会不会……

秘密藏在包上

这个周六,我又一次被囚禁在了公寓里。独自一猫。一群鸽子飞到阳台上,叽里咕噜地嘲笑我。

显然,不管装不装芯片,猫洞都是很有用的东西。

天终于黑了。三个女孩回来了,她们兴奋得不得了,脱了鞋就直接甩在门口,外套和全民运动鸭舌帽也在沙发上扔得乱七八糟。

"艾米丽,演出真是太棒了!我好爱那些大象呀!"

我不得不努力往前爬,好不容易才从她们的衣服堆底下钻出来。

"我真的被你爸爸的那位朋友吓坏了。"贝贝说,"我把空中飞人的杂技表演都录下来了,还有魔术师把她从箱子里放出来那个节目,简直难以置信!"

"艾米丽,你知道那个魔术背后有什么秘密吗?"

"根本没有任何秘密!斯黛拉不但是空中飞人,还是柔术大师。"

"柔术大师?这是什么意思呀?"乐乐问。

"先等等，"贝贝说着，从口袋里拿出手机，"咱们先坐下，再把节目看一遍，你就明白了……"

我跳到沙发靠背上，准备跟她们一起看看这位斯黛拉的精彩表演。

这个杂技表演太棒了！的确，她能毫不费力地完成惊险的跳跃。而且，她穿着紧身的表演服，突然让我想起了……啊，没错！她就是昨晚的小偷！

太好了，艾米丽的嫌疑已经洗清了。

空中飞人的表演结束了。屏幕上出现了许多动物。接着，魔术师登场了，手里拎着一只行李箱。他从里面拽出一条方巾、一根线，再加上一些圆环，并用这些东西表演了令人瞠目结舌的魔术。最后，他又从箱子里取出3只兔子、10只鸽子，还有……一个人！刚才那个年轻女孩穿着一身黑色的紧身衣从箱子里走出来。观众们报以非常热烈的掌声。

乐乐还没回过神来。

我也没有。

但是，我认出了她——昨晚的小偷！

"艾米丽，你的意思是说，斯黛拉真的一直在箱子里吗？"

"没错。她可以把自己完全折叠起来，蹲在箱子里面。她的身体特别柔软，体重也很轻！"

正在这时，麦克斯和罗洁丝回来了。麦克斯很好脾气地问她们："你们怎么样？下午过得开心吗？"

但是，罗洁丝指了指扔得乱七八糟的衣服，很直接地说："哎哟，你们还在看马戏表演吗？周一上课的作业做完了没有？"

"我都忘了！"艾米丽老老实实地承认，"我这就去拿书包！"

3分钟以后，她就跑了回来，手里拿着一

个包。

这是一个很漂亮的背包,上面也印着"全民运动"几个字,跟她们的鸭舌帽一样是紫色的。另外,背包外侧还有两个小口袋,上面有荧光黄的装饰条……

艾米丽走进双胞胎姐妹的房间。我寸步不离地跟着她,两眼不错神地盯着她的背包。

她的包很快就引起了轰动。

"哇!真酷!"乐乐叫起来,"我们俩还在用以前那种带小轮子的旧玩意儿呢。背包果然更时髦呀!"

"这是你爸爸给你买的吗?"贝贝问。

"是的。不过,只要成为全民运动的会员,就可以免费得到一个。你们喜欢的话,我下回给你们一人带一个,怎么样?"

"好哇！"双胞胎姐妹异口同声地叫道。

艾米丽把作业拿出来，把空包放在地上。我凑过去，仔细地观察起来。这个包完好无损，没有任何修补过的痕迹！

为了证实我的怀疑，我回到客厅，跑到关着的阳台门前。

我把鼻尖贴在玻璃上，喵喵地叫了起来。

两声，三声，十声。

麦克斯坐在饭桌旁，胳膊肘支着桌子，正在研究案子。我终于叫得他站起身来，火冒三丈地问："赫尔克里，你要干吗？要出去吗？外面已经天黑了，而且很冷！啊，反正我也……"

他确定没人注意这边，就给我开了门，顺便拿上了他的烟盒和打火机。

我产生了一点儿负罪感。不过，我出去是有正当理由的呀！

我朝顶楼的排水沟溜了过去。

没错。挂在钩子上的布料以及上面的装

饰条都跟艾米丽的背包一模一样！小偷从这里逃跑，没注意到自己的包挂到了钩子，外侧的小口袋被扯了下来，但背包本身并没有坏。

我必须拿到这个证据！

我紧紧地叼住那条布料，想把它从钩子上扯下来。但我完全做不到。

一阵抽泣声吸引了我的注意力。

原来，博丹夫人正在阳台上哭。

三只暹罗猫来到了我身边。我从她们的眼睛里看到了悲伤，跟她们的主人一样的悲伤。

她们的眼神就像三重召唤。

当她们示意我跟随她们离开的时候，我没办法拒绝这三位漂亮的猫小姐的邀请，我跟上了她们……

我们四个一起离开了。

排成了整齐的一队。

星期日的来客

博丹夫人站在阳台上,她正跟一个穿黑制服的男人理论。那个人一手拿着文件夹,另一只手指着猫洞说:"女士,您看,这很明显,小偷就是从这儿进屋的。"

"先生,这只是猫洞,它这么小!再说,小偷也不可能是我的猫啊!"

"是您自己不够小心。我很抱歉。"

博丹夫人把那个人送出了门，抽抽噎噎地回到了阳台上。麦克斯在远处叫我："赫尔克里，快回来！我要进屋了。"

博丹夫人这才注意到了他。

"啊，警官先生！"她大喊起来，"您肯定想不到刚才那个人对我说什么……"

她迫不及待地对着麦克斯说了起来，麦克斯急忙打断她："博丹夫人，我听不清！您明天到我家里来坐坐吧。到时候再把事情详细讲给我们听！"

这回，我听了麦克斯的话。我回家了。今晚，我决定跟双胞胎姐妹一起睡，就趴在她们的床脚，暖暖和和，干干爽爽，好好地在被子上睡一觉！

第二天是星期天，她们俩通常起得非

常晚。

她们的作业还没写完。刚过中午,艾米丽就来了。女孩们待在自己的房间里,稍微学习了一会儿。(大部分时候她们都是在假装学习。)

然后,博丹夫人也来了,手里拿着一个大大的蛋糕,这是她从街角的甜品店买的。她的脸上露出悲伤的神情。

"我们一定会抓到小偷的!"罗洁丝立刻跟她保证道。

麦克斯跟着说:"前天,那个小偷潜入了我们的公寓楼。他实在太大胆了,所以,他也犯了个错误……"

正在这时,罗洁丝的手机响了。她接起电话,大声说:"杜洛瓦先生!……啊,是

的，您女儿在我家。什么？……嗯，没问题，您的朋友可以过来。我的两个女儿见到她肯定特别高兴。"

女孩们刚好从房间里出来。

罗洁丝说："艾米丽，你爸爸没法按时回家。斯黛拉一会儿会来接你，你今晚要在她的野营车里等你爸爸回来。"

这个意外情况让艾米丽不太高兴。

另一边,麦克斯拿起第三块蛋糕,问博丹夫人:"您有没有把公寓钥匙托付给任何人?"

"从来没有!"

"您的钥匙,能给我看看吗?"

"就在这儿。"

那把钥匙串在钥匙环上,上面还装饰着一只灰色的塑料小老鼠。

麦克斯仔细地检查了钥匙,然后把它放到了咖啡杯旁边。

又过了一会儿,有人按了门铃。

双胞胎姐妹夫开了门。

门口站着一个又瘦又矮的女人,脸上带

着微笑。是斯黛拉！柔术大师，空中飞人，以及……高风险盗窃专家！

贝贝和乐乐见到她非常高兴，对她百般赞美。她们把她带到客厅，对麦克斯和罗洁丝说："爸爸，妈妈，你们真该去看看斯黛拉的空中飞人表演！"

"还有她把身体折叠起来，藏在箱子里的表演！"

"艾米丽，"斯黛拉干巴巴地说道，"快去收拾东西吧。"

"我还有一首诗没抄写完呢，你等等我好吗？"

于是，麦克斯对她说："既然这样，您就来跟我们一起坐坐，喝杯咖啡吧！"

"这个……我不想打扰你们。"

"没关系，没关系！来吧！"

"好吧。那我就稍微坐一会儿。"

她坐了下来。

她的这个决定大错特错。

因为她把自己的背包放到了沙发旁边，也就是我眼前。这是那个全民运动背包，跟艾米丽的那个一模一样。

只有一点不同——它坏掉了。背包外侧少了一个小口袋，连带着上面荧光黄的装饰条也不见了。

屋顶上的躲猫猫

真没想到,小偷跟警察坐在同一张沙发上了!现在只缺一样东西,就是麦克斯他们常说的"犯罪客体"。说起来,它离这儿只有10米远!

我溜到阳台门口,开始喵喵叫,坚持不懈地叫。没人注意我。

除了博丹夫人!

"您的猫想出去。您知道吗？他跟我那三只暹罗猫成了好朋友啦。"

罗洁丝顺着博丹夫人的意思，给我打开了阳台门。

我出其不意地冲向了……饭桌！

"小心蛋糕！"麦克斯大叫起来。

错了，我想要的是钥匙。我一口叼住那只小灰老鼠，两下就跳到了阳台上。

接着又跳上了屋顶。

我蹲在阿琪扎的窗户跟前。

"赫尔克里！"麦克斯朝我大喊起来，"你在干什么？！快回来！"

"我的钥匙！"博丹夫人也嚷了起来，"我的钥匙！我只有那一把钥匙！"

我对自己的计划非常满意。我朝屋顶排

水沟跑去，那块带有荧光黄装饰条的紫色布料就在那边飘着呢。

麦克斯站在阳台上，一个劲儿地朝我指手画脚，像个断了线的牵线木偶。难道他以为我会听他的话吗？

他气得七窍生烟，迈腿跨坐在阳台栏杆上。罗洁丝一把拉住了他。

"你疯了！你会掉下去的！你根本不可能抓到那只猫！"

"咱们去阿琪扎家吧。"贝贝提议说。

"只要她在家就好办了！"乐乐一边往楼上跑一边说。

阿琪扎当然在家。她正在房间里，我看见她在看电视。

两分钟以后，她起身去开门。门口是双

胞胎姐妹，还有紧跟在她们身后的艾米丽。她们指了指屋顶的窗户，阿琪扎赶快过来开了窗。

她很温和地对我说："赫尔克里，你是来看我的吗？我这儿有全脂牛奶，你特别喜欢的那种哦！好啦，过来，快下来吧！"

我叼着钥匙，站在制高点，认真地观察着她们。

"阿琪扎，你有凳梯吗？"贝贝问。

"没有，我只有一个圆凳。这行吗？"

乐乐踩上凳子，朝我伸出手。我往后退，就好像在对她说："有本事就来逮我呀！"

"乐乐、贝贝，快下来！"麦克斯连门都没敲就冲了进来，"阿琪扎，你好，实在不好意思，打扰你了……好了，你们别爬了，让我来。"

他让站上圆凳的阿琪扎也下来，然后自己爬了上去。照我看，他这番杂技表演准会把四位观众吓个半死的。

"麦克斯先生！"阿琪扎惊叫起来，"您当心点儿！"

麦克斯从窗边探出身体，伸手来抓我，我一直退到排水沟的尽头，用爪子抓住了飘在空中的那块布料。

麦克斯头朝下，使劲儿伸长上半身来逮我，真够拼的。不过，他的"柔术"显然要比斯黛拉差多啦。

他朝我伸出手，好像要请我把爪子递给他似的！

"赫尔克里！！过来，乖猫猫……快点

儿！听话，你这坏猫！"

他终于抓住了我的脖子，用力地把我往上拽，但我紧紧地抓着那块布料不放爪。

突然，麦克斯成功了！他把我、钥匙，以及那块带荧光黄装饰条的布料一起提了上去。

10秒钟之后，我们都回到了阿琪扎的房间里。我把那把宝贵的钥匙丢给了麦克斯，双胞胎姐妹把我抱在怀里。

"赫尔克里！你吓坏我们了。坏猫猫，真是不乖！"

"你总算回来了。"

"咦，你这是抓着什么呢？"

我叼起那块布料，箭一般地蹿向走廊，又跑到了六楼的楼梯平台上。

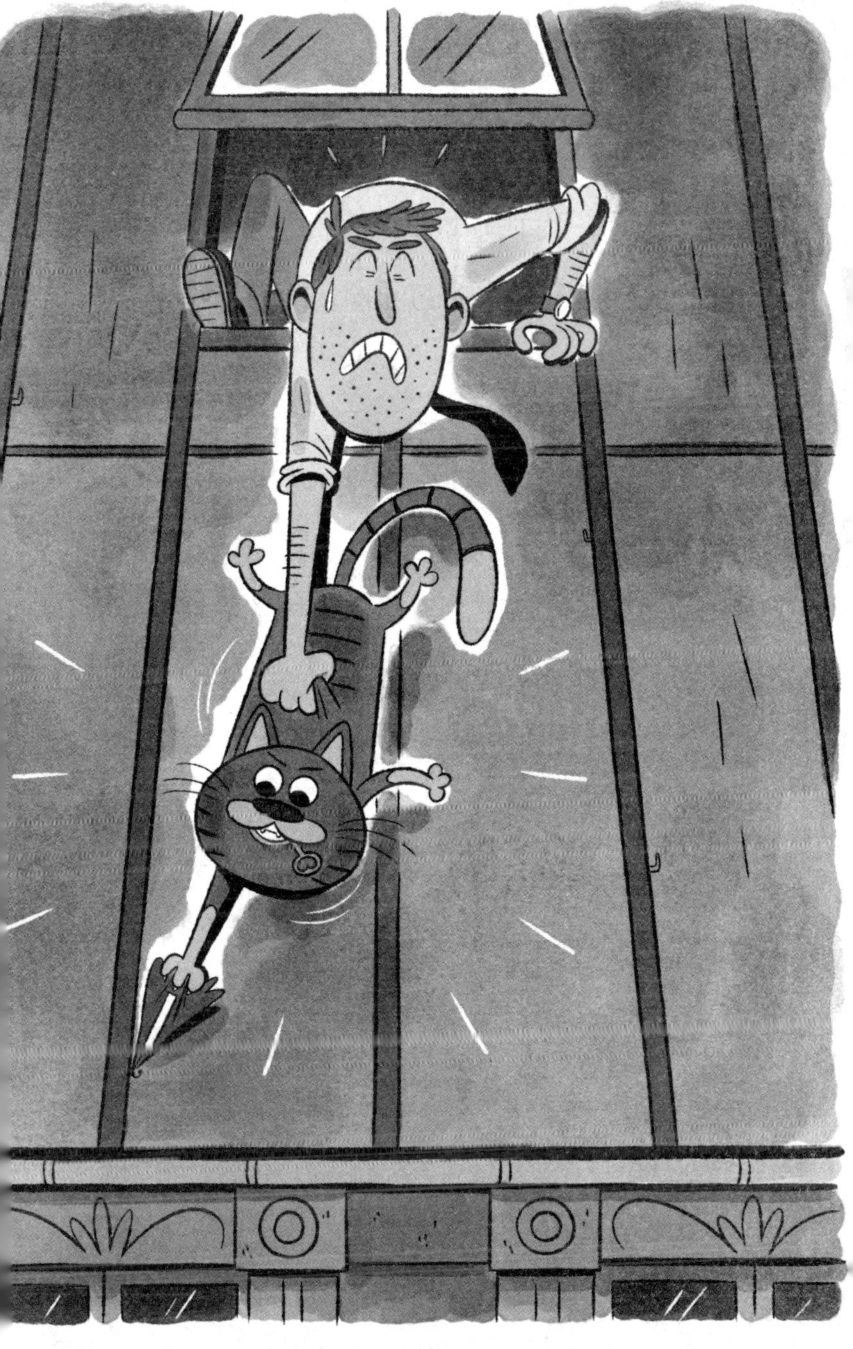

接着，我冲进了客厅。

然后，我乖乖地趴在斯黛拉的背包上，嘴里叼着用来揭露她的证物。

人赃并获

最先明白过来的是斯黛拉。她的脸色瞬间变得很苍白,她一把抓起背包,结结巴巴地说:"那个……我该走了!不好意思。艾米丽,我们该走了!"

她惊慌失措的样子就像是一声警铃。她这么慌张,实在很可疑。更何况,我还扒着她的背包,她不可能就这样带着我逃跑。

麦克斯伸手拦住了她。

"斯黛拉，等等，我能先把我家的猫抱下来吗？"

他的声音很平静，他已经全都明白了。他抓住我的后颈，把我拎了下来。然后，他指了指那个背包。

我的嘴里始终叼着那个重要物证。

"请问，你怎么解释这块布？这是我刚刚在屋顶上找到的……"

大骗子。才不是他找到的呢！明明是我！

"它看起来是从你的背包上扯下来的。"

"这，这是因为你们家的猫刚才把我的包抓坏了……"

"绝对不可能！这块布刚才挂在排水沟边的钩子上。两天以前，我就从我们家的阳台上看到它了。"

那他居然都没想到它跟盗窃案有关系吗？！作为一名警察，他这脑子不太够用啊！

罗洁丝也明白了。我把嘴里的战利品交给了她。她晃了晃那块布料，说道："解谜的钥匙，就是这个了！"

"我不明白你在说什么。"斯黛拉硬着头皮说。

"这件事其实很简单。你成了杜洛瓦先生的朋友,由此知道了博丹夫人住在旁边的公寓里,还了解到她继承了遗产,家里有很多值钱的东西。一天晚上,你设法到了她家的阳台上,你应该是从屋顶爬过去的。"

面对其他人惊愕的表情,罗洁丝继续说道:"对你来说,这简直是小菜一碟!你早就注意到了那个猫洞。第二天,你看到博丹夫人离开了公寓楼,整条街上空无一人。于是,你再次爬了过去,卸下了活动挡板的螺丝钉,从猫洞钻进了屋里。公寓门始终都锁着,自然不会引发任何警报。你把博丹夫人的首饰装进了背包,还装了许多能从洞口带走的青铜小雕像。逃跑的时候,你的背包外侧的小口袋挂到了排水沟上的钩子。但你当时太着急下去了,根本没有注意到!"

要是我能说人类的语言,我会很乐意加上一句:你还落下了一枚螺丝钉呢!

"这次盗窃轻松得手以后,你就开始放飞自我了!"麦克斯补充说,"第二天晚上,你又爬上了屋顶。你早就发现顶楼有些窗户是开着的。每个周五晚上,阿琪扎都会出门。这给你提供了大好机会——阿琪扎那里有好几间公寓的备用钥匙。你拿走了她房间里的钥匙,去了那几间没人的屋子。当时已经是深夜,你的脚步很轻,楼梯和走廊里也都空无一人。"

唉,不完全对。麦克斯根本不知道那天

晚上我和波罗狭路相逢的事!

"阿琪扎根本没发现有人溜进了她的房间。"罗洁丝最后说道,"干得'漂亮'!"

"这块破布根本算不上证据!"斯黛拉狡辩道。

"当然。"麦克斯点点头,拿出了手机说,"不过,它足够让预审法官开出搜查令。我们会仔细检查你的野营车。我希望你的车上既没有首饰,也没有青铜雕像。你说呢?"

斯黛拉彻底无话可说了,她垂下了头。博丹夫人倒是把头抬了起来。

"您是说,我的雕像……我还能把它们拿回来吗?您确定吗?"

就在这时,大门的门铃又响了。所有人都吓了一跳。

三个女孩去开了门。艾米丽高兴地叫了起来:"爸爸!"

"艾米丽,乖。我就猜你可能还在这儿。好啦,工作忙完了,我总算自由了……"

"不过,您的朋友斯黛拉恐怕没那么容易自由了。现在情况很复杂!"罗洁丝说着,邀请杜洛瓦先生进了屋。

尾声

麻烦来了!杜洛瓦先生不是一个人上来的,他手里还牵着狗,现在,狗绳松了!

"波罗!不许!快回来!"

斗牛犬猛冲向我。但我赫尔克里也不是浪得虚名!我浑身上下的每一根毛都炸了起来,我面对面地瞪着他,嘴里发出"呼呼"的声音,这是在告诉他:"退后,你这魔鬼!"

他猛地停住了,一动不动,愣怔地看着我。

接着,他趴在了地毯上,服软地呜呜叫了起来。

我还没有回过神来。他的主人就更蒙了!

三只暹罗猫喵喵叫着,突然从我身后绕了出来。我猜她们肯定是从屋顶过来找主人的。刚才,她们仨同时出现,肯定把斗牛犬吓了一跳,他准以为自己看到了一只三头猫……最起码,他现在应该明白,一只狗很难跟四只猫斗,我们四个加起来,他恐怕不是对手。

暹罗猫们甚至还用尾巴尖儿扫了扫他的鼻尖,好像在嘲笑他似的。

那只大狗打了个喷嚏,但他仍然趴着,并没有发怒。

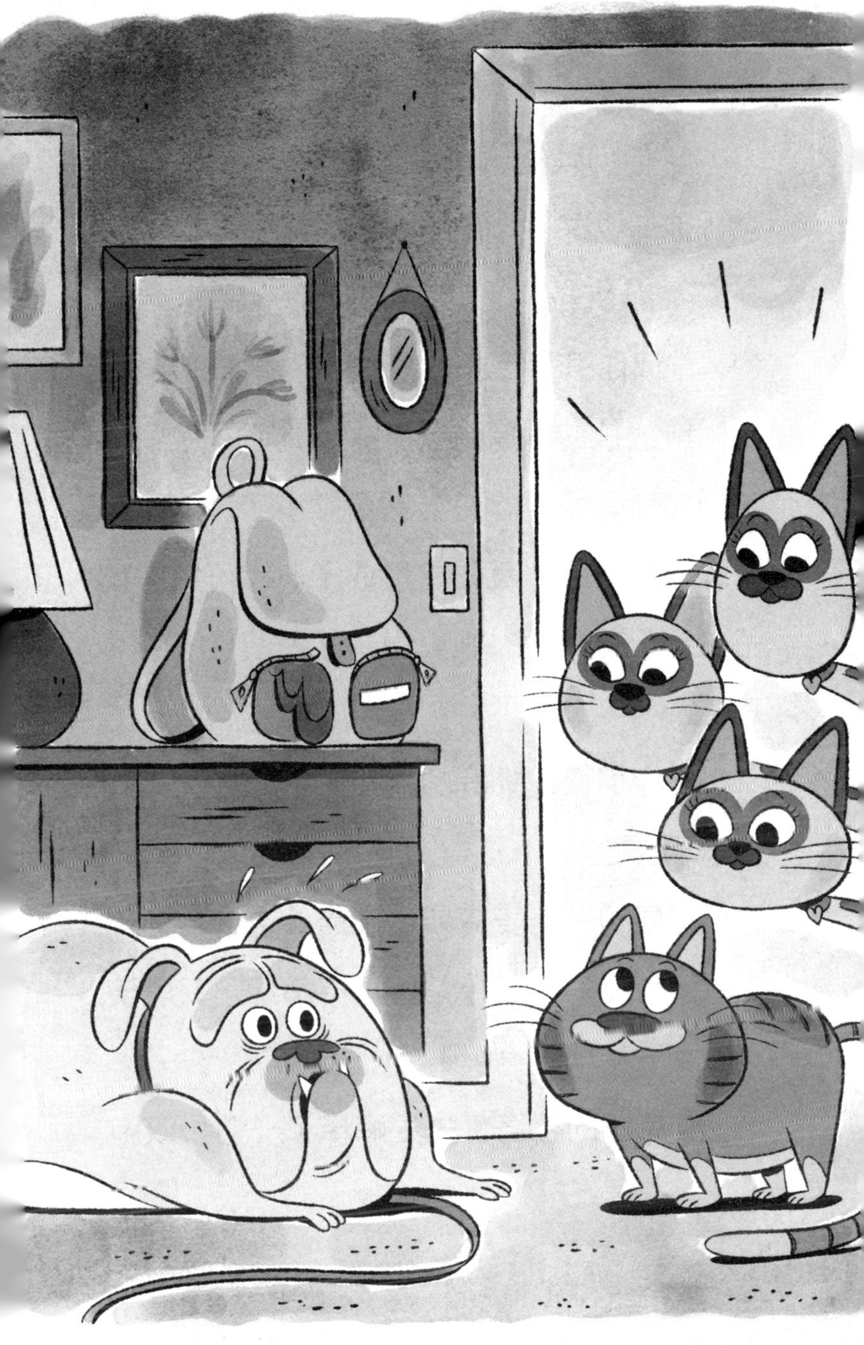

"你们瞧！"博丹夫人叫起来，"我早就跟你们说过，他们成了好朋友啦。"

"斯黛拉！"罗洁丝用命令的语气说道，"请你跟我们走一趟吧！"

斯黛拉的肩膀垮了下来，她听从了罗洁丝的命令。她看起来显得更矮小了。现在，她跟高大的杜洛瓦先生形成了非常可笑的反差。至于艾米丽，她好像并不为斯黛拉的离开感到伤心。

"你们要逮捕我的朋友吗？"杜洛瓦先生惊讶地问。

"是的。"麦克斯点了点头说，"斯黛拉是只有趣的'小鸟'。她不满足于只表演'空中飞人'了，她想'飞得更高'。"

麦克斯向杜洛瓦先生解释了一切。双胞

胎姐妹和艾米丽蹲在我跟前,轮流把我抱在怀里。她们不停地表扬我,抚摸我,还对我表示感谢。

有时候,就算你只是一只猫,你也能像国王一样幸福!

作者介绍

克里斯蒂安·格勒尼耶，1945年出生于法国巴黎，自从1990年起一直住在佩里戈尔省。

他已经创作了一百余部作品，其中包括《罗洁丝探案故事集》。当时，我们还不知道作者对猫咪有着特别的偏爱，也不知道这些探案故事的女主角罗洁丝已经做了妈妈，还生了一对双胞胎女儿。

看来，赫尔克里——一只具有神奇探案天赋的猫，带着他的两个小主人（乐乐和贝贝）一起去探案，也不是什么值得大惊小怪的事情啦！

插图作者介绍

欧若拉·达芒，1981年出生于法国的博韦镇。

她2003年毕业于巴黎戈布兰影视学院，此后在多部动画电影中担任人物设计和艺术总监。她曾经为许多儿童绘本编写文字或绘制插图，同时在儿童读物出版行业中工作。

她与自己最忠实的支持者——她的丈夫朱利安和她的猫富兰克林一起生活在巴黎。